Voyage au centre de la terre

FichesdeLecture.com

Voyage au centre de la terre (Fiche de lecture)

I. PRÉSENTATION

Voyage au centre de la Terre est un roman de science-fiction, publié en 1864, d'abord dans le Magasin d'éducation et de récréation, revue pour la jeunesse créée par Hetzel, puis en volume chez le même éditeur dans la fameuse collection illustrée.

C'est le deuxième des soixante-cinq Voyages extraordinaires dans les mondes connus et inconnus, rédigés entre 1862 et 1904 par Jules Verne. Ces romans d'aventures valurent à l'auteur une double réputation d'écrivain d'anticipation et d'auteur pour enfants. À son habitude, Jules Verne, nous propose un mélange de données scientifiques, d'extrapolations osées et d'aventure.

L'introduction du roman reflète l'engouement d'alors pour une science jeune, la cryptologie, science englobant la cryptographie, l'écriture secrète et la cryptanalyse c'est-à-dire l'analyse de cette dernière. Cette discipline est notamment liée à l'arithmétique modulaire, l'algèbre, la théorie de l'information, ou encore les codes correcteurs d'erreurs.

II. RÉSUME

Nous sommes en 1863 à Hambourg, le professeur Otto Lidenbrock, éminent géologue et naturaliste Allemand, amateur de vieux livres est très excité par un ouvrage du XIIe siècle qu'il vient d'acquérir. Il s'agit d'une saga Islandaise, Heimskringla, écrite par Snorri Sturluson. Il entraîne immédiatement son neveu Axel dans son bureau pour lui montrer sa trouvaille, ils découvrent alors un parchemin rédigé en caractères runiques. Axel et son oncle se passionnent pour ce cryptogramme

Ils parviennent à déchiffrer le message, le fameux scientifique Arne Saknussemm, raconte qu'il est allé au centre de la terre par le cratère du volcan du Sneffels. Enthousiaste et impétueux le professeur Lidenbrock décide de partir dès le lendemain pour l'Islande et propose à un groupe de personnes de rentrer dans les profondeurs de notre planète. Alex, en tant que disciple, mais aussi neveu du professeur participe contre son gré à ce voyage. En arrivant au Sneffel, le professeur a besoin d'aide et emploie comme guide un chasseur d'eider Islandais, Hans Bjelke.

Ils voyagent jusqu'au pied du volcan Sneffels, et en font l'ascension. Le cratère éteint renferme trois cheminées. L'une d'elles doit être effleurée par l'ombre d'un haut pic, le Scartaris, à midi « avant les calendes de juillet », c'est-à-dire dans les derniers jours de juin. D'après la note de Saknussemm, là se trouve le passage vers le centre de la Terre. Tout au long du voyage, ils contemplent des paysages incroyables et on perçoit une certaine tension entre Alex et le professeur lors de débats scientifiques où l'auteur oppose des théories diverses.

III. ANALYSE DES PERSONNAGES

Le professeur Lidenbrock, a une taille fine et son corps grand. Alors qu'il est maigre, le professeur reste fort et de santé robuste. Ce « véritable savant » a un nez long et mince et des cheveux blonds. Il est professeur de minéralogie au Johannaeum, à Hambourg et conservateur d'un musée minéralogique. Il est considéré comme « un puits de science » malgré le fait qu'il écorche les mots scientifiques, en raison d'un défaut de prononciation. Il représente la caricature du professeur obsédé par les sciences et ne prenant pas en compte les avis et les sentiments des autres.

Son caractère énergique se lit dans ses changements brusques d'humeur, mais aussi dans sa volonté inexorable de suivre les traces de Saknussemm notamment lorsqu'il décide de partir le lendemain de la découverte du parchemin. C'est un personnage enthousiaste, mais aussi égoïste, il est comme obsédé par sa découverte. Tout au long du roman il évoque les recherches de son époque. La découverte de la le décide à entamer de nouvelles aventures, sur l'eau. Il fume le tabac pendant tout le livre.

Axel est le narrateur, c'est le neveu du professeur, mais aussi son élève. Il montre ses capacités intellectuelles dès le début du roman en décryptant le message secret de Saknussemm alors que son oncle n'y parvient pas. Il suit le professeur dans les profondeurs de la terre malgré lui. Alex trouve le projet ridicule et croit aux théories affirmant que la terre est de plus en plus chaude plus on approche de son centre.

En tant qu'interlocuteur érudit, il s'oppose continuellement aux points de vue de son oncle et propose à chaque nouvelle situation un nouveau point de vue. Ses idées sont originales, modernes et toujours bien soutenues. Lorsqu'il se perd, privé de nourriture, il garde espoir. Il est amoureux de la belle Graüben, la filleule du professeur, qu'il a dû abandonner à Hambourg. Cette « charmante jeune fille blonde » donne à Axel la force de survivre.

À travers ces deux protagonistes, l'auteur met en opposition la jeunesse et vieillesse et des réflexions scientifiques différentes.

L'opposition entre Axel et Lidenbrock est par ailleurs cristallisée géographiquement par l'opposition entre l'Italie et l'Islande. Alors que la boule de feu rencontrée par nos héros correspond symboliquement à la théorie défendue par Axel, le centre de la terre est finalement atteint par Lidenbrock en atterrissant au centre de la Méditerranée, le centre du monde Antique.

IV. AXES D'ANALYSES

Dualité du voyage

Lors d'un entretien de 1894, Jules Verne a déclaré : « *Mon but a été de dépeindre la Terre, et pas seulement la Terre, mais l'univers, car j'ai quelquefois transporté mes lecteurs loin de la Terre dans mes romans* » puis : « *Je parcours également les bulletins des Sociétés scientifiques, et surtout ceux de la Société géographique, car, notez-le bien, la géographie est ma passion et mon étude* ».

Voyager dans le centre de la terre, est pour Jules Verne synonyme de voyager dans le temps. Il nous introduit dans une construction littéraire et géographique qui est basée sur l'aspect temporel du voyage c'est-à-dire le temps qu'il faut pour descendre au centre de la terre. L'auteur nous présente aussi son observation, par couches géologiques interposées, des écosystèmes d'autrefois, aujourd'hui disparus à la surface de la terre. Cette dualité du voyage nous plonge dans un voyage extraordinaire.

Le Voyage au centre de la terre est un voyage dans le temps, mais inversé à l'instar du manuscrit écrit avec des caractères runiques qu'il faut lire à l'envers. Au cours du voyage, plus les personnages s'enfoncent vers le centre de la terre, plus ils remontent le cours du temps, partant des origines du monde pour arriver à l'apparition de l'homme. Les points de départ, l'Islande et d'arrivée, l'Italie sont opposés. Cette opposition permet le voyage entre deux mondes, deux univers aux antipodes de l'Europe. À la fin de leur voyage les protagonistes sont expulsés par un volcan en éruption et atterrissent en Italie, le berceau de la civilisation gréco-romaine. Ce qui n'est pas anodin puisque cette civilisation gréco-romaine se croyait, il y a deux millénaires, au centre du monde et au centre de la terre.

Le fantastique

La dimension fantastique du roman se voit à travers la description merveilleuse que l'auteur nous fait de ce voyage, mais aussi des incohérences. Ces anomalies sont issues de l'imaginaire et de l'irréel.

Le voyage c'est-à-dire la descente au centre de la terre, commence le 28 mai 1863. Le 1er juillet 1863, ils atteignent la base du cratère et ne choisissent pas la bonne galerie à emprunter. Le voyage se poursuit et le 15 juillet1863, ils sont alors à 7 lieues sous terre et à 50 lieues du Sneffels

Le 11 août 1863, ils sont à 35 lieues sous terre. C'est un point crucial du voyage, l'itinéraire devient purement et simplement imaginaire renforçant ainsi la dimension fantastique. En effet, une fois les côtes de la mer Lidenbrock atteintes, le professeur Lidenbrock veut la traverser. Le début de la traversée commence ainsi le 13 août 1863. Le lendemain, les voyageurs ont déjà parcouru 35 lieues depuis la côte, le surlendemain, ils sont à 100 lieues de la même côte, et le 20 août 1863 ils atteignent l'îlot Axel, à 270 lieues de la côte, soit environ à 600 lieues de l'Islande. Cependant si on prend en compte l'itinéraire emprunté et suivant le principe selon lequel le voyage a été rectiligne, l'îlot Axel se situe, à quelques lieues près, sous la ville d'Hambourg.

Lorsqu'ils repartent de l'îlot, la tempête les ramène à leur point de départ. Et c'est à partir de ce point que commence leur remontée dans le ventre du Stromboli, alors qu'en réalité ils sont revenus sous les Monts Grampians, en Écosse. L'auteur utilise un caractère extraordinaire et fantastique du voyage, qui permet de narrer une histoire reposant sur des théories scientifiques, mais non vérifiables et vérifiées.

En outre la boussole ne cesse d'indiquer le nord à la place du sud, une fois les voyageurs revenus sur la terre ferme. L'imaginaire de Jules Verne nous plonge bel et bien au cœur d'un voyage improbable. Les personnages sont à la fois nulle part et partout, dans l'espace et dans le temps, dans une sorte de 4°dimension, qui n'est autre que l'imaginaire.

L'aventure humaine et scientifique

L'homme est évidemment au cœur du roman. Au début du roman, Axel arrive à déchiffrer le mystérieux manuscrit. Il transforme les caractères runiques en lettres de notre alphabet, il réalise qu'il suffit tout simplement de lire à l'envers ce texte, et l'on obtient ainsi une phrase latine qui donne après traduction l'accès au centre de la terre. Les lecteurs sont alors avertis, le voyage au centre de la terre est un voyage inversé, où pour comprendre les choses, il faut savoir les lire à l'envers.

Les personnages constituent l'interface parfaite entre deux mondes, le centre de la terre et sa surface. Jules Vernes nous propose une réflexion sur la cryptologie, la spéléologie et la paléontologie. Malgré eux, les protagonistes vont vivre une aventure d'hommes des temps modernes vers un retour aux sources. En parallèle, l'auteur initie le lecteur à plusieurs sciences, la cryptologie de laquelle Edgar Poe s'est inspiré pour écrire la nouvelle *Le scarabée d'or*. Cette science regroupe la cryptographie, l'écriture secrète et la cryptanalyse l'analyse de cette dernière. Cette discipline est notamment liée à l'arithmétique modulaire, l'algèbre, la complexité, la théorie de l'information, ou encore les codes correcteurs d'erreurs. À l'époque, elle représente à la fois un art ancien et une science nouvelle : un art ancien car Jules César l'utilisait déjà, une science nouvelle parce que ce n'est un thème de recherche scientifique académique que depuis les années 1970. Puis à la spéléologie, activité qui consiste à repérer, explorer, étudier, cartographier et visiter les cavités souterraines, puis à partager ses connaissances, c'est une discipline à multiples facettes : scientifique, sportive, technique et contemplative. Enfin, la paléontologie est la science qui étudie les restes fossiles des êtres vivants du passé et les implications évolutives de ces études.

Axel déclare d'ailleurs : « Ce rêve où j'avais vu renaître tout ce monde des temps antéhistoriques, des époques ternaire et quaternaire, se réalisait donc enfin ».

Dans la même collection en numérique

Les Misérables
Le messager d'Athènes
Candide
L'Etranger
Rhinocéros
Antigone
Le père Goriot
La Peste
Balzac et la petite tailleuse chinoise
Le Roi Arthur
L'Avare
Pierre et Jean
L'Homme qui a séduit le soleil
Alcools
L'Affaire Caïus
La gloire de mon père
L'Ordinatueur
Le médecin malgré lui
La rivière à l'envers - Tomek
Le Journal d'Anne Frank
Le monde perdu
Le royaume de Kensuké
Un Sac De Billes
Baby-sitter blues
Le fantôme de maître Guillemin
Trois contes
Kamo, l'agence Babel
Le Garçon en pyjama rayé
Les Contemplations

Escadrille 80

Inconnu à cette adresse

La controverse de Valladolid

Les Vilains petits canards

Une partie de campagne

Cahier d'un retour au pays natal

Dora Bruder

L'Enfant et la rivière

Moderato Cantabile

Alice au pays des merveilles

Le faucon déniché

Une vie

Chronique des Indiens Guayaki

Je voudrais que quelqu'un m'attende quelque part

La nuit de Valognes

Œdipe

Disparition Programmée

Education européenne

L'auberge rouge

L'Illiade

Le voyage de Monsieur Perrichon

Lucrèce Borgia

Paul et Virginie

Ursule Mirouët

Discours sur les fondements de l'inégalité

L'adversaire

La petite Fadette

La prochaine fois

Le blé en herbe

Le Mystère de la Chambre Jaune

Les Hauts des Hurlevent

Les perses

Mondo et autres histoires

Vingt mille lieues sous les mers

99 francs

Arria Marcella

Chante Luna

Emile, ou de l'éducation

Histoires extraordinaires

L'homme invisible

La bibliothécaire

La cicatrice

La croix des pauvres

La fille du capitaine

Le Crime de l'Orient-Express

Le Faucon malté

Le hussard sur le toit

Le Livre dont vous êtes la victime

Les cinq écus de Bretagne

No pasarán, le jeu

Quand j'avais cinq ans je m'ai tué

Si tu veux être mon amie

Tristan et Iseult

Une bouteille dans la mer de Gaza

Cent ans de solitude

Contes à l'envers

Contes et nouvelles en vers

Dalva

Jean de Florette

L'homme qui voulait être heureux

L'île mystérieuse

La Dame aux camélias

La petite sirène

La planète des singes

La Religieuse

1984 A l'Ouest rien de nouveau

Aliocha

Andromaque

Au bonheur des dames

Bel ami

Bérénice

Caligula

Cannibale

Carmen

Chronique d'une mort annoncée

Contes des frères Grimm

Cyrano de Bergerac

Des souris et des hommes

Deux ans de vacances

Dom Juan

Electre

En attendant Godot

Enfance

Eugénie Grandet

Fahrenheit 451

Fin de partie

Frankenstein

Gargantua

Germinal

Hamlet

Horace

Huis Clos

Jacques le fataliste

Jane Eyre

Knock

L'homme qui rit

La Bête humaine

La Cantatrice Chauve

La chartreuse de Parme

La cousine Bette

La Curée

La Farce de Maitre Pathelin

La ferme des animaux

La guerre de Troie n'aura pas lieu

La leçon

La Machine Infernale

La métamorphose

La mort du roi Tsongor

La nuit des temps

La nuit du renard

La Parure

La peau de chagrin

La Petite Fille de Monsieur Linh

La Photo qui tue

La Plage d'Ostende

La princesse de Clèves

La promesse de l'aube

La Vénus d'Ille

La vie devant soi

L'alchimiste

L'Amant

L'Ami retrouvé

L'appel de la forêt

L'assassin habite au 21

L'assommoir

L'attentat

L'attrape-coeurs

Le Bal

Le Barbier de Séville

Le Bourgeois Gentilhomme

Le Capitaine Fracasse

Le chat noir

Le chien des Baskerville

Le Cid

Le Colonel Chabert

Le Comte de Monte-Cristo

Le dernier jour d'un condamné

Le diable au corps

Le Grand Meaulnes

Le Grand Troupeau

Le Horla

Le jeu de l'amour et du hasard

Le Joueur d'échecs

Le Lion

Le liseur

Le malade imaginaire

Le Mariage de Figaro

Le meilleur des mondes

Le Monde comme il va

Le Parfum

Le Passeur

Le Petit Prince

Le pianiste

Le Prince

Le Roman de la momie

Le Roman de Renart

Le Rouge et le Noir

Le Soleil des Scortas

Le Tartuffe

Le vieux qui lisait des romans d'amour

L'Ecole des Femmes

L'Ecume Des Jours

Les Bonnes

Les Caprices de Marianne

Les cerfs-volants de Kaboul

Les contes de la Bécasse

Les dix petits nègres

Les femmes savantes

Les fourberies de Scapin

Les Justes

Les Lettres Persanes

Les liaisons dangereuses

Les Métamorphoses

Les Mouches

Les Trois mousquetaires

L'étrange cas du Dr Jekyll et de Mr Hyde

L'Ile Au Trésor

L'île des esclaves

L'illusion comique

L'Ingénu

L'Odyssée

L'Ombre du vent

Lorenzaccio

Madame Bovary

Manon Lescaut

Micromégas

Mon ami Frédéric

Mon bel oranger

Nana

Ne tirez pas sur l'oiseau moqueur

Notre-Dame de Paris

Oliver twist

On ne badine pas avec l'amour

Oscar et la dame rose

Pantagruel

Le Misanthrope

Perceval ou le conte du Graal

Phèdre

Ravage

Roméo et Juliette

Ruy Blas

Sa Majesté des Mouches

Si c'est un homme

Stupeur et tremblements

Supplément au voyage de Bougainville

Tanguy

Thérèse Desqueyroux

Thérèse Raquin

Ubu Roi

Un Barrage contre le Pacifique

Un long dimanche de fiançailles

Un secret

Vendredi ou la vie sauvage

Vipère au poing

Voyage au bout de la nuit

Voyage au centre de la terre

Yvain ou le Chevalier au lion

Zadig

À propos de la collection

La série FichesdeLecture.com offre des contenus éducatifs aux étudiants et aux professeurs tels que : des résumés, des analyses littéraires, des questionnaires et des commentaires sur la littérature moderne et classique. Nos documents sont prévus comme des compléments à la lecture des oeuvres originales et aide les étudiants à comprendre la littérature.

Fondé en 2001, notre site FichesdeLectures.com s'est développé très rapidement et propose désormais plus de 2500 documents directement téléchargeables en ligne, devenant ainsi le premier site d'analyses littéraires en ligne de langue française.

FichesdeLecture est partenaire du Ministère de l'Education du Luxembourg depuis 2009.

Plus d'informations sur www.fichesdelecture.com

ISBN: 978-2-511-02878-0

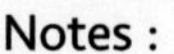

Notes :